身故受益人之死

張詠詮

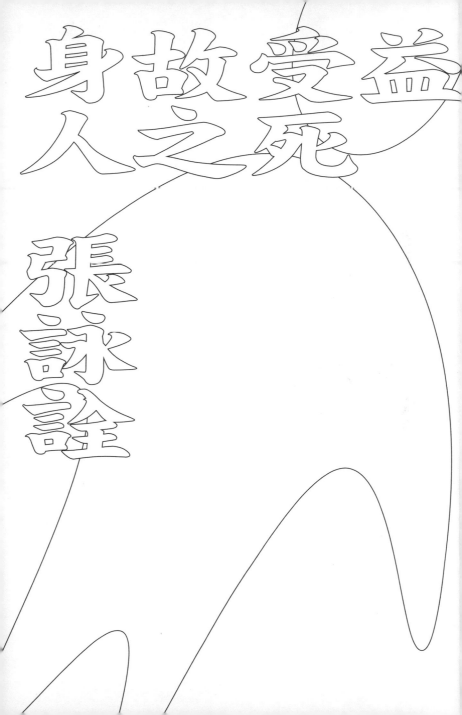

獻給 W

輯一：建檔

輯二：查核

輯三：體檢

輯四：照會

輯五：結案

被傷害的生命——談張詠詮詩集《身故受益人之死》

張寶云（東華大學華文系副教授兼楊牧文學講座召集人）

從青年時期在草山生活開始，我陸續遇見一些身體打洞的人投奔到創作陣營裡，祈求透過文字讓眾人撫觸他們的血及其哀戚，在文學的世界中似乎有滿坑滿谷等待被療癒的人正在展演被傷害的生命。起初我以為這是我的錯覺，但是在黑夜裡我慢慢從感官中辨明，這是真的，空氣中都是傷口的味道，我所聽見的哭聲並不是個別的，在或遠或近的時空裡，那些心靈或身體殘疾的人類不約而同地聚集到某一處荒山野嶺，引吭高歌。

多年以前我第一次在課堂上見到詠詮的時候，沒想過會在未來的現在要替他的第一本詩集《身故受益人之死》寫序言，那時他是一個轉學生，他幾乎修了我所有開過的課，我終於明白他想在創作上擁有一席之地。在大學部有不少這樣的同學向我求助，要求我額外地充當他們寫作上的指導，起初我總是會請他們把作品寄給我看一看，多數時候要勸退一些不是那麼適合寫作但又對寫作滿懷熱情的同學，是一件苦差事。我盡量不傷害這些腦子發燒但仍欠缺才華和磨練的同學說，「要不要透過寫作來提高自己對文字的敏銳度就好？」這其實是委婉地勸退台詞，不過好像不是那樣有效，畢竟幾乎所有人都不太清楚自己寫作的水平大概在評量尺規上的哪一個位置……。詠詮初來華文系時也並不特別能寫，但他展現的是異於常人的用功和執著，他迅速地以讓大家吃驚的效率得到校內外大獎且升上了研究所創作組。這在華文系並不常見，畢竟我們研究所能考進來的學生多是江湖上的各路人馬，詠詮開始了他的寫作之路，有一段時間是由我掛名他引導研究的老師，我得以近距離地觀看他的生活。

他告訴我他有時在寫歌詞，他參加了一個收費不低的學習團體後一直有人跟他邀稿；他也同時兼寫小說，在校園裡偶爾遇見他會有如沼澤般的臉容被淹沒在滿是鬍渣亂髮中間難以辨識；更常有的事是他正在某幾個文學獎的截稿底線前瘋狂寫稿，眼眶深陷、身形頹敗；還有幾次他談起了他所愛的人所存在的遠方和他的戀情心事；當然還有他告訴過我他把文學獎獎金拿去買了一張電動麻將桌。詠詮融入志學的文青世界好像也帶著《在地球的最後幾個晚上》那樣的荒靡情調，他和他的哥兒們會在半夜去校外小七買酒喝（對，就是陳延禎），而他的情史斷片總也會飄揚在夜晚星空下的小角落裡。

身故受益人之死

於是他的詩語言有時穿山越嶺像是要跋涉過所有未及的意象和技術，有各種拗折和組合，我相信他正盡全力地以文字觸及他內心的各種領地，如果讀一讀發現某首詩的企圖不明，那可能就是了：

昨夜漫步原野
從舊身體移轉到新的
遺跡在地圖上留下淺淺的印子

開出蝴蝶還是蛾
一堆黃土還是貓砂

——〈玩具〉

或者整個第二輯「查核」，都和他的情感有關，而其中都有「妳的眼眸餘波」在其中顯影對看，在抒情中卻飽含隱喻：

博物館的營業時間已過
我的雨傘
遺留在蝴蝶標本區

恐懼一襲擴張的大袍
門閂鑰匙黏附在銀鎖
燒灼曬乾後比氣溫凍寒
翅膀離開鴟吻
遺留的傘骨騰空在風暴中心

——〈遺傘〉

還是在輯三「體檢」中，詠詮竟極為誠實地表露了他的「身體性」，在這個時代暴露自己是個「異男」可能會有生命危險難道他不知道嗎？

夜晚猛然抬頭
病房外的黑翅鳶掠過雨漥
稍微透明的魚游著
他們跟你一樣赤裸、一樣被遊戲
「張開喉嚨，轉一圈看看。」
一間沒有鐵欄的單人牢房

困住實體，而靈魂發出喊叫聲痛苦持續很久

——〈神在〉

輯四「照會」我終於確認了他的情感創傷，他那樣勇於自我揭露真的是太棒了，「男性自白體」也是存在的，不是只有女性會自白：

四季洋流終年向北
襤褸幽魂
啜飲孟婆湯取暖
棺材搗住左眼
離開為一種聆聽玉佩破碎的響聲

身故受益人之死

每當瞧見無名指壓痕
我便東行
河水仍在流動
整個世界都爬滿青苔

——〈河水仍在流動〉

最後「結案」他說，性、死亡、愛還有祕語就是這本詩集的全部。

篝火即將熄滅
精靈在角落聚集
黧黑的牙齒導致唇谷與峰璀璨
迎面而來的光

映照在下頷山陵
祭典，是妳多麼熟悉的……

——〈精靈祭〉

我再回頭去想像《身故受益人之死》的詩集名稱其實是一個頗為高明的障眼法，詩人再一次指鹿為馬是要告訴你鹿並非鹿、馬亦非馬，保險員並不保險，受益人並不受益，語言密度並不是只是為了展現詩的技藝，更有可能是詩人必須選擇這樣的表述形式來彰顯出他內心痛楚的張力。

（我好像說得太多了。）

詠詮確曾是個核保員，如同我們所接觸的保險業朋友中的一個，他核銷過客戶的壽險商品，他為各種申請保單的客戶審查他們的病歷及財務資料，他穿著西裝、梳著油頭一樣的專業人士形象也曾在我的腦海浮現過。我一直誤會保險從業人員是不可能寫詩的，如同誤會卡夫卡日常在保險公司上班只是他甲蟲的變形，甲蟲是沒有靈魂的？殊不知創作者內在蘊蓄的世界往往有其深邃曲折的感受及想像，我也這樣期許著詠詮繼續以他奮力的精神走在創作的道途上。

美國文學理論和批評家哈洛．卜倫在《詩人與詩歌》一書的前言中說：「莎士比亞可以代表最高文學造詣的最良善效用：倘若真正地理解了，它能夠治癒每個社會所固有的一些暴力。」此一說法與孔子所說的詩可以「興觀群怨」會否形成東西詩學效能的對話關係？還有待更進一步的探索。然而詠詮的詩集至少可以在某些層面上解放他個體中與情感有關的內在暴力，這未始不是文青自我療癒的一次開端，祝福在星空下彳亍獨行的少男少女們。

序詩

身故受益人之死

當天際的光反射
一生的時間折舊
星星成老舊而積累的塵埃
把凹洞填平

時間的重量

壓在肩膀造成椎間盤突出
偽裝著說不痛——嚴格說來
是某種城牆
一座被環繞的島嶼
囚犯也是獄卒

驟然聽見
某種壞消息
難為且窘迫地衡量尺的刻度
為某種希望支付明天的訂位

撿拾貝殼

保留沙漏消耗最後一縷沙

生命中某種型態殘存的
植被停滯大地
一塊路標通往
身故受益人之死

輯一

輯一

夏天買了漂亮的傘

皮鞋忘記回來，明天
晴朗的牆壁將潮濕一整天
地板的磁磚縫線乾扁
排列在洗衣機內翻滾
螞蟻在纖維打轉
雨遲到數次

雨水會來，是明天還是後天
明天去圖書館裝水
裡頭有空間免費
水免費，午餐要錢
拿一點去非洲
拿一點去冰島
水庫（穿著睡褲）不准沒錢的人進入食堂

雨水忘記會來，
來的是法院通知信
信寄給懶洋洋的貓

貓在車棚抽煙
寫封信譴責雨天

雨天總是遲到
雨水忘記回來
信寄來，雨傘有收到
螞蟻沒有

一千零二夜

一千零一夜，我們醒
在振翅與寧靜交織，夜光，站在雲林。
走失無數的樹葉，還沒取暖或者做成
第一枝掃帚，聚攏法力，如磁鐵：
磁化日常的假象超能力。

不一定是象，也可能是貓、狗、勞贖。
只要牢記注意事項，人人有功練
變形術。想學，我教你呀。
教導別人的都是老師，尊稱，有些則不配
指著別人的，都是巫，如何辨別
真假，這件事情我也是第一次才聽到。
但我們相信火，文明的起源
會度過一千零一夜
就像金紙會交到祖先手上
無視所有通膨原則。
好消息是，我們終於找到區分的方法：

算過塔羅、占卜、星座血型，被歸到一類。
沒吃早餐、隨便、我不喜歡，也歸到一類。
選擇或者被選擇，抽牌吧！遊戲或者我全都要

一千零一夜，天黑請閉眼，神說——
要有光，卻不夠分給每個人。
（他的手可以穿過我的巴巴）
沒分到的人，萊納，你坐啊！
可以色色，也不可以色色，薛丁格的色色。

把牛變成鱒魚，知道了，第一千零二夜
在振翅與寧靜交織，夜光，站在雲林

我們尋找紅心Ａ
我們信仰科學，同時信神。

甜點店

營業燈熄滅
號誌牌緊緊閉上眼睛
小綠人偶而短暫，偶而強悍

幾種口味限定
一再地使人回味

最理想的演化
證據顯示最初——
我們並未做足翔實的記錄
（倖存者逐步往滅絕靠近）
天擇在選擇甜點上一無所有
肉身抵抗，舌頭則從荒漠中聯繫

有一種解釋讓大家熟悉
糖分入侵
像金字塔、麥田圈，讓我們就這些問題
尋找範例，從好幾家米其林衡量適當利益
自願地選擇成分

選擇卡路里從何處入侵
我們仔細考察並且相信
戰敗者無處可去
像地球的總質量並未分離

買婚

開始學習異鄉語言
不真切的路過街道，異鄉人的
老榕樹、澄湖
再度粉刷的古厝
飛快轉速的摩天輪，被遺忘的樂園
像投幣式卡拉ＯＫ在原鄉復甦

身故受益人之死

此地與那地
牛的品種

逐日被更多粗糙的細節佔滿
連說話都要重新熟悉

過於想家
嘩啦啦的水聲
蓄成湖泊的形狀

家裡人說

這棟新的房子、弟弟的學費
謝謝妳走到外地

星期五

日曆指出明天星期五
第五天創造水中生物跟飛鳥
第五天自己踏上已知的道路
往下變成泥土，往上看雲
我喜歡看雲

雲沒有工作概念
雲整天歇息，雨來了
雨應該下在九點以後，十七點之前
在人潮開始歸家，太陽開始變老之前

雨是應該有節制的下
讓想帶傘的人帶傘
讓假裝忘記帶傘的人
可以放聲的哭

玩具

昨夜漫步原野
從舊身體轉移到新的
遺跡在地圖上留下淺淺的印子
開出蝴蝶還是蛾
一堆黃土還是貓砂

在彗星最接近地球的夜晚
凝結無數顆貓的眼睛

如發出聲響的玩具
一尾魚或是逗貓棒

某雙手與擁抱
時間只是時間闌珊的過程

與雲同影

雲海敞開
沿著山陵滑落太平洋
每一滴今夜，我們都拿來釀酒
酒甕與陽光倒轉晨露
醉了吧
好大的一口山巒

九州在遙遠的另一端喊你
要睡便睡去奇萊山頂
與夢澤相連
與愛人舉杯

大霧匯聚，谷壑起伏讓陽光層層撥開
地圖之外，幽谷逐漸鏤空
卓溪良景，豐隆佐美酒一杯

霧水輕輕舔舐過樹冠層
雲海敞開大海的顏色

身故 受益 人 之 死

翻譯員

一盞檯燈等雨停
苔痕乾涸
一雙眼鏡住在牛皮紙裡
台灣雲豹由詩集看到北極
濕透海的孩子遲等時間發霉

隔著書封連結封底
我在山這端看妳
雲走地飛快，是霧是雨
妳眼底的海都結冰了嗎

雲豹與北極，封存在地圖角落
觸碰書頁，像鏡子通往異世界
坐在一本絕版精裝書前
被文字輕吻

海潮與鳥鳴交匯
眼神是書籤的湖泊

歸期拾起變幻的青果
在紙張裡我遇見萬馬奔騰

旅人

一個旅囊交替另一個
時間，鑲嵌柏油路面一個
被踩下未乾的話語還沒說出，橙皮
緩緩滑落
被忽視的鹽類結晶沉澱杯底
在綠色樹下一個模糊形狀
水珠的影子，等待
啊，等待果陀

另一顆石頭

發現某條河流
變成火在燒
岸上的石頭都逃

把木頭丟掉
所有紋理靜止都變成水滴落水波

模仿另一個曾經模仿過的影子把盒子都打開
迷霧曾經存在嗎
我們看到彈簧
彈簧就要飛起來

往火的這邊跳，試著靠岸
灰燼來不及再被燃燒
燃燒總是失去所有水流
變成霧靄
往水底更深的侵入
反覆尋找，另一顆石頭

砂島

枕著薄霧窸窣透亮
寢枕在傾倒的最南方

五節芒、白茅、林投灌叢
凝視崩崖與裂溝
石灰岩暗礁沉沒

日出涼亭無風，光線溢出影角
陰影聚集的蟻群，後來才有了聲音
海潮沿著島嶼吶喊
以春天為名
細砂與泡沫間隔潮汐
在每年梅雨前夕

泥濘、青草的清晰
噓——
海浪雀躍豔喜
連東北季風此刻也暫忘銳利

日落晚霞與演奏者擁有同個倒影
睫毛捲走眼睛，汗水都化為繁星
砂島每隻手指覆蓋幾個四季

上班族的貓

每天回家
我的棉被都在當地毯
床墊佈滿毛、灰塵、貓砂
像躺在沙灘，如此愜意

飼料散落一地
就像贈與你壁虎屍體

身故
受益
人
之
死

我知道你也喜歡所有的講義撕碎成泥
降落！這些高高在上的化妝鏡、馬克杯
失去緊接著歡愉
凌晨五點是派對與運動的時機
不准有任何人類不清醒
跑來跑去，蹦蹦，我們快一起開心

匡！又碎了一個蟠龍花瓶
皮里森你真他媽
是隻機巴貓但卻在你永恆深邃的黃綠色眼睛
輕輕的親，輕輕——

上班族的貓之二

洗好帶著暖陽氣息的床單
過敏髒汗原由你的腳掌，蓋印
復沓一缽融化的夢
繾綣著你的潛意識
無徵兆睡去

你無聲走近
聆聽我的呼吸

壞孩子

我沒有床
眠床是好孩子的寢居
我不好，我是沼澤

雨聲細瑣，鬧鐘遺落在
日子的右邊
刺青由右向左

情緒將要衝垮的前一刻
刀身向陽光折射

躺在他人的床
我有重量組成醒來的夜晚
必須醒來
床是旅人的歸棲
我是壞孩子
我是一邊被捨棄的眉毛

我是掏空而行走在沙漠的一株仙人掌
赤裸的被陽光燙傷

麵包師離鄉

老虎窗延伸出薄稀
吐出麵團積累一晚
濃厚得在爐火旁嚐柴薪
嚐梅杜莎長髮長街吐信相對望

山毛櫸折一截借與武松

在這還能吃到餃子嗎
爐火旁酒一碗牛肉一斤
金箋讀不出背後文字情緒

喜鵲踩在冰枝被冷冷凍傷
我以為吉祥，躲不過死亡
盒子比戶外更長

枝椏結霜，滿城清澈
郵筒在厚雪中掩埋
想必是如此
才叫家信遲遲未來

九十九神——記海巡員

你寫符號與證書
房間溫暖，你不在
有人存在的地方才稱為家
海水包裹島嶼
蒸氣向空中逐漸化為泡沫。

飛，往半空中飛

那些被戀人遺棄的愛
白鴿都去了哪裡

九十九神
想要變成愛人的呢喃
被虛構被堆砌被擄獲被棄置
瞧！有隻烏鴉

飛，往半空中飛
凋謝房間，油漆剝落
仔細被人檢驗，緩慢變成枕木、變成皺摺
斑駁都心酸看著嶄新喊苦

眼睫毛上面的冷對流寒冷

猶如一團冷空氣擊中中央山脈右側
那些倉皇逃生的神祠
轉瞬成海浪消失

神靈、魂魄與飛鳥
都想擁有歸棲
侵蝕一縷漩渦，金幣噗通灑落許願池

海水在夜間變冷開始學會說謊
浪潮捲走枕木，海平面此刻一望無際

跑者

鞋緣尖端往前
高分子聚合物，跑道一拳拳揮向迎著風的底層

一群群細石子卡住鞋基底
斜斜的跟趾落差變矮、變憔悴

拿起來刷洗，虎甲蟲迅速
往皮膚病變衝刺三兩塊的痂掉落
眼睛的反方向

陽台空無一物
鞋子丟棄在，垃圾子車上端
黑織傘籠罩，雨水便從前方的開口湧入

不承保——無國界醫師

海水墜落機翼瘀青，雙手反綁
遮蓋疤痕存在

思緒加速略過佛羅倫斯湖畔
慢動作，時間靜止倒轉

身故 受益 人 之 死

白煙燃燒神性
禱告者原諒白鴿、原諒初生的嬰孩
原諒世上還未發生的懺悔

他們說
你偷竊整個國家的時間
穿梭小巷，追逐毀損指針與歷史號誌
當追兵仍差一毫米
坦克便為人教堂敲鐘

默劇演員拿著步槍
耽溺閉住一口氣，沉浸在方法演技

緩慢的長鏡頭由橋的左側行進
像幅中世紀的逃難壁畫
乳白色的汙點指引密室藏身處
時間仍差，一毫米

當時間長長的手臂擺動
將土石變成斑馬
怪手比美術館多後現代氣氛

以前是斑馬的土石
撞離線條與線條間的折射
在雕像含情脈脈中巴洛克式穿梭

阿波羅與黛芙妮
在地上交融分不清面貌

鐘塔也分不清上下
月桂樹開花敲響奏鳴曲
剩餘音樂家的遺骸
蒙著黑布，凝固的紅褐緊貼臉頰
波浪緊握天秤降下一秒

一秒後戰地開花
語言逐漸陌生，加速衰老
長長的手臂低垂

手上的洞在第七天復活
縫隙又阻塞指甲的刮痕
為戰爭迎接純真的善意

輯二

輯一

等待期

花開幾叢，我們仍未聞到香氣
原地等雨
等陽光救濟

軀體變化的季節
我們逐漸

分不清壓力或是繳款日先逼近
也許保力達、咖啡是早晨第一縷空氣
或無數夜晚清醒的夢境
你還好嗎？

肝指數說今天又是
昨夜未寐的假想
兼差的收入是預支健康的利息
還是崩解的旱地
我是發芽的種子

等待風
不帶水，僅僅陪襯
呢喃在耳際
像一個又一個乾涸的淚滴
逝去毫無痕跡，杳無音信

離婚協議

紅線連接著彼端
卻找不到訴說的對象

我們準時像第一道鬧鈴
那麼清脆
卻叫不醒酒醉的賓客

遺留在地毯的氣息
懨懨著嚼起食物殘渣

唇印宛如血花盛開在
語言還未能觸及的街廓
婚紗照笑顏不會變老
漏斗從肚臍到雙腳
時間剩下名字
如最後半滴滯留瓶口的酒液
那麼煽情，那麼惆悵
戒痕是聯繫也是失去

婚宴上的生魚片
終將一無所有在每個人的嘴裡
送客的背板等待拆卸
配偶欄的空白嘲笑諾言沒有實現

流光記憶

某一日碰觸些什麼
逐漸想起曾經記得——
一枝筆、一張照片、一個人

一個人孤伶伶
坐在鞦韆上

上面有光
欄杆被雨擊落

光照在雨遮上
夏天的時候變暖
融化照片裡的冰雪
熱嗎？風景裡的人

那些人從未被提起
卻未曾遺忘

遺傘

踩著步伐在雲上走
妳的眼眸餘波

零下三十八度好冷
一滴雨一萬兩千公里的距離未曾
使流火遠離

身故
受益
人
之
死

首都與國境卻讓鹽水結冰
猛獸從黑夜走出渾身銳利
手工製造的傷口緊攥
如無數子彈射穿春暖花開
擁抱的人為打不開的大門節哀

博物館的營業時間已過
我的雨傘
遺留在蝴蝶標本區

恐懼一襲擴張的大袍
門閂鑰匙黏附在銀鎖

燒灼曬乾後比氣溫凍寒
翅膀離開鴟吻
遺留的傘骨騰空在風暴中心

語言文字鏽蝕了布面結構
幾個鐘頭雨水喃喃自語
我的愛人對我信心全無

不潔

穿甲冑的鬼雙臉慘白
用指縫迸裂的黑暗擰著嘴唇
鐵骨微微鉦動
水銀側身，地心引力使其如瀑呈直線
硫磺之火按在大理石臟器躊躇
而他的囊肉吊帶繫在踝骨如木偶

弄髒滿地襯衫，帷幕的腮角枯萎
哀傷浸潤在石灰井陰暗處
礁石看見蒼鷹飛起
風帶著頭顱從南方來時
雙手起皺，洗不淨一張黑紙

咖啡

夜光徹夜跳
併攏的老公寓，導盲磚
織出通往人潮潰敗的地圖
行道樹忍住向計程車招呼
一個又一個人潮往身體聚集

蚯蚓安葬泥土
等待睡眠的手掌打開新冰箱
拿出牙買加豆
住進昨日腐敗的軀殼

舌頭是脆弱的錐子
刺在愛人的胸口
我們共有的早晨
喝苦澀的咖啡

迴轉壽司

鐵捲門撐起燈的薄膜
口罩纖維與車廂距離
當門關閉與閘道匯合，一粒米飯
大廳往來就成為雕塑。

繫上哇沙米浴巾仍不夠遙遠

比醬油更鹹一隻手掌的距離

收集凹痕、紋路、鮪魚側腹
摸索魚的紋骨

筷子往上斂起疲憊
圓盤火車經過，熱茶按鈕請往前

階梯纏繞雙腳
成人的世界，碩大的迴轉壽司

保鮮期無時無刻逼近

行腳

愛兩條拴著頸鏈的黑狗
蜷縮著互相取暖
其中一隻已死
其中一隻會死

亡靈的灰燼

兩條勒緊褲帶的縫線
赤裸的肉體皮開肉綻
兩隻狗低頭

吩咐狗崽說：
快挖！
挖出石階就攀爬
挖出棺材就躺好

時光本是欺騙的推手
宇宙擴散如愛難收

文明

撰寫一則還未被人擄獲的神話
或是一份完整未破碎的
族譜藉由雷射投影機變焦
鱗片與犄角的光褪開靈魂，他的
一絲絲抽離

像燈芯遇火逆勢攤開
一顆濕淋淋的
頭顱密封在十字中間
恰巧一尾熟魚爛透

一種陸地結束是另一種島嶼的開始

航圖、方言索引、民族誌、橫向筆記
底片裡的人越來越難以呼吸

個體與個體形塑的確堆砌矛盾
填充各地懷抱虛構的魔術帽子

再也——

無法滿足被磨損的
鴿子羽毛四處逸散，興奮將永遠徹底摧毀山巒低鳴

尊嚴的邊緣，進入身體潰堤縫隙
如歸返一道湮沒或者香灰
一盆萬千招喚佐證
圖騰分裂有秩序地……

流年

磚瓦平行與視線同高
天線上掛滿燈籠
圓桌上時常堆滿雜物
新年沒有

桌邊長久的使用痕跡

環肥燕瘦都有
年夜菜圓滿
而人沒有

去年的大明蝦
剝蝦的人換了雙手

日子是新的
燈籠看舊酒杯擦拭過後
笑著出來接客

熊在屋內

雲霧風呂外有鵝
澗藍湖畔望純白散步
倒影下擷取笑容倒影
迷路在記憶深處
如果非要想起些什麼
此處森林，有熊
想念有山水

身故受益人之死

颱風天

此刻漁船與平房寧靜
雨滴追趕泥濘
不熟識的銳利接近邊境
陰影暫不知情

氣象預報開始販售

樂章是孤獨的南行

從晨光到陰鬱
鐵軌爬樓梯，往烏雲

列車將在此交會
光澤交纏一念無明
陰影觀看窗外逐漸增強的西南氣流

車廂圍繞縫隙
氣流穿過就像悲鳴

我們一直都在暴風雨裡
今夜是不適合撐傘的天氣

風浪使漁船踏上防風林
鐵軌翻覆是別離的其中一種
原因

鴿園

弓起身子，眼神張望
黑色禿鷹盤旋
獵犬摩挲草地屏住呼吸

飼料跨越圍牆
爪子、尖耳朵、銳齒

身故 受益 人 之 死

更多的獵人蟄伏
泥土褐色，盤旋著草腥
今夜的月圓吸引浪潮
淹沒人群與不認識的背影
高原矯正沉默
瞳孔高懸腳環

藏在山神庇蔭下的
黑熊胸口都焦慮發白
都燻出黑眼圈徹夜難眠
害怕舊情人的紅鼻子，壓過晨曦露珠

半空中飛舞著薄羽毛
小身軀
找不到東西能失去了

電力計價單位

插座是堅固的門鎖
讓刺痛不斷不斷往身上扎。
一千一百萬個重複的洞很深

電力公司盲目
並不知道其實你
並不需要電
這世界上發亮的人

都用愛發電

因為溫度
讓山嵐成為湖泊
讓珊瑚變白

我們都尋找一個怪獸
尋找插座的威力
威力在哪裡？
大家都找威力
只餘我在停電的夜裡
握緊早已濕透的火柴

輪胎

相處總是
越磨越薄
替換，下一個
業務員
在失控前

輯二

體檢

燈塔

海浪淹沒桌子，我們在床上
蒐集陽光的零散
只為細數彼此有多少白髮

燈光轉暗，我們卻不記得劇情
記得妳精心準備的唇彩

身故受益人之死

是交換呼吸前的開胃菜

偷偷將冰冷雙腳藏進胸膛，開始心跳
微笑是迷人的臉紅加速
像迷霧，一艘小船迷惘走失
發現遠處閃爍著手掌心的溫度

輕撫皮膚，感受輕微顫慄
在最好的年紀把青春交予你
貓以為妳是主人
妳也以為妳是

是海岸蜿蜒中一盞燈塔矗立
洶湧間尋求弭平
卻在閃爍時墜地

多年後
妳說是他送的刺青
紀念著最好與最壞的結局

回聲

鐵灰色雜訊從雲層不斷落下
東北季風吹拂，芒稷擺動
我便想起妳炫賣似給我看的光療指甲
妳是旗幟，流亂的不再懷裡繾綣
遺留的髮圈

妳會想起曾經
掉落了些什麼嗎

用密封袋捕捉一點香氣
在街頭如果相遇
好像還能藉此比對關係

天光剛透進窗裡
妳雙膝赤裸

分不清是慾望還是愛，也許兩者都有

旗幟隨風流亂
台灣海峽與奇萊山頂，吹拂我
失去音訊

一百首詩之一

其中之一講述
如果月亮也能從雲朵尖閣
探望氣氛歡騰的遊行
帶高帽子的
悄然放下一塊六便士硬幣
隔著一百公尺，開啟時光旅行

但我不想回到往昔
那裡那麼遠
那麼遠的地方沒有妳

那裡充滿暴風雨
一條丹寧褲濕淋淋曬在折疊椅
記憶不隨我回去
在巴黎某間小咖啡館歇憩

義式濃縮加些固執
加些備受憎恨的徵狀
一些用錯原因的方法

一些餐館裡的前菜（請問麵包免費嗎）

畫作奔往大溪地
顏料熟透時將椰子扔下
語言走很長很長的路
尋找仍然乾淨的心靈

棕梠樹、香莢蘭隨著遠處吹來的風搖曳
當畫布凝結，月亮已離去
我將回到遊行
寫一百首詩給妳
這是其中之一

身故受益人之死

名字

不是整個森林
是其中有棵樹
枯掉了

封鎖一群人
不是整個海洋

是其中有個器官
死掉了

一撮黃沙墜落
從沙池行經
不是整個凝固
而是其中有一粒最寂寞最悲傷的微塵
壞掉了

試著去修理
眼睛裡刺痛的毛髮
用小盒子儲藏

一句最短暫的話
跋山涉海的遺忘
妳的名字

彼岸花

莫比烏斯環塗滿荊棘
敦促延髓將橋底基石抽出
半空中擎住鯨心，往大海濺落一宿紅雨
我赤裸的身軀任血肉展示

五歲男童的小手掌
指節牢牢握緊肋骨

如蔥如雪地裡一髒汙
雙眼將稜線還給嶙峋

奈何橋上擒住一毫銀髮
沿街拾不起滿地韶光
胸口插了許多箭我們便折斷羽桿，做槳
划過高原細聽路途上一響雷

倒披針衫，胸如皺波
時間敲擊時間的裸足
趺坐為過路人
我為一滴心頭血哀悼

青石

我坐在青色的石片岩看海
也看妳踩著小碎步將雲霧揉入六十石山
原始而禁忌，妳明滅光芒的汗毛
谷風吹拂過髮耳
香氣使岩石復甦

身故受益人之死

我坐在道邊路口往富里
看妳打盹或專注看鳥
金針還沒有開花，海浪還沒有破碎
我棲息在蓊鬱的巒麓
奴努勞的手，也帶著粉紅指甲
輕輕將石頭順著竹子豎直於地
妳的初始，與他人不同

我站在茅竿牆後，聽肌膚喘息如小鹿低鳴，我的慾望更深
取砂卡噹榕樹的氣根、取欖仁樹初紅的葉脈、取苦楝花解放我受折磨的
靈魂

我站在妳面前，用妳的祭典與腳尖看海，純潔的慾望
直到年輪將妳藏在向陽的坡後

破碎的浪潮打在一座青色石片岩上
谷風吹拂過髮耳，金針花開

身故受益人之死

神在

認同啤酒與香菸對健康很壞，抽血
燒掉一點音量。
上廁所禁止攜帶朋友，掀開馬桶蓋
身體暴露在X光，水盆
積滿沙，一座山頂奇異完整。

軀體柔軟一個大濃霧的午後
暗灰色的雲拔跨

夜晚猛然抬頭
病房外的黑翅鳶掠過雨窪
稍微透明的魚游著
他們跟你一樣赤裸、一樣被遊戲
「張開喉嚨，轉一圈看看。」

一間沒有鐵欄的單人牢房
困住實體，而靈魂發出喊叫聲痛苦的持續很久

自己的肉體，想像成革命英雄，碎石般堆起的皮屑
擁有傳統信仰
遲疑著成為沙抑或——終將永恆

小船靜止不動，血球微笑
他們的女兒擁有泡沫的謙卑熱誠
適合散步、從家人眼睛底下回家
優雅有助於獨一無二，戰爭存在譬如一場大病
一場資本主義式的葬禮

斑點

有些斑點出現
沒有任何原因
就像呼吸，你不能老想著憋氣

吸氣、吐氣
讓斑點隨著規律變大然後變小

讓一些昨日呼吸
讓一點希望開始遊走
好像這裡有光
有人將要把火
往隘口送，往稜線照

用手抓，用腳跑
你開始學習斑點的速度
斑點有斑點的名字
你要用斑點叫他
他才會回答
你要學習，斑點的語言

跟脈搏溝通
避開血、避開掌紋

你開始奔跑
像火一樣往前滾動
像乾柴內的星子
你不能跑太快
不然斑點會跟不上
斑點——

在細微的明滅
往日子照

結痂

分子結構的宇宙
暗褐色玻璃瓶，膠囊圓潤透明

瓶口緩慢移動
鸚鵡螺殼層氣室開門
吞食

通道瞬間將氣球擠壓縮小
內部的空氣如聲響在喉嚨
膜狀結構左右對稱

「這類藥物會干擾服藥後的記憶儲存，造成短期記憶喪失」

圓弧狀膜質壓力艙
封鎖舊日與微光的夕陽

白矮星最後一次凝望
帶點祝福的結痂輕微閃耀

輯四

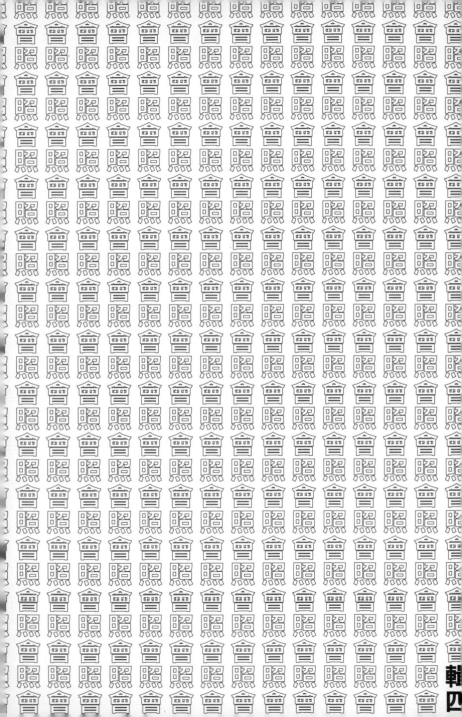

輯四

生日

光潔的一生
赤筆魚的名字
比麋鹿的角更輕捷的姓氏
你沒有問為什麼是今天
信寄到的時間

一個與平常，相同有濃霧的早晨
餐點、煎蛋、熱咖啡
午後將不冷
直線現在仍瑟縮著外套

你沒有問為什麼
拼湊那些信仰，每一天
保險桿、氣囊、擋風玻璃
碎裂的職業分類手冊
你探查貨車的行徑
自用還是營業
加速油門四級還是六級

像學校的分類
補習班的分類
晚餐的分類
你沒有問世界的名字
世界有規律的切成方格

雨均勻地落在
每一個未撐傘的人頭頂
駕駛剛下車查看
遠處還沒鳴起的警笛

沒有人問為什麼是今天

昨天且是一家子
一電鍋清蒸
受益人的生日

鳶尾花

水氣減少，大氣穩定，發展
熱帶性低氣壓
——無預警斷線。

山巒，傾斜與傾斜縱錯
土石流與谷風

傾瀉這裡
遍地臺灣鳶尾白金箋
猶如被你呵護，那雲
墜落烏江湖畔

指尖磨合指尖
肉眼看不見的臉譜
親密接觸。第一次
沒有下雨

光環彎墜落金樽
灑落，略為驚愕的

豐唇薄眉，臉色漸紅
此刻傾倒在濕潤溪水，為你自刎

隔著枕頭細數
這是我最相信，神存在的時刻
哪怕祂的信徒並不同意，我們

指著群白中一點紫色的軌跡說
也許是紫色鳶尾誤入歧途
是遠方蜂群留下活過的記號

天晴背後，霧滴堆積雷電

表面張力，第一滴雨
鳶尾花遂枯萎
荒原一片，傾瀉著雨水，任低氣壓離去

河水仍在流動

河水仍在流動
堅信不移的撰寫故國

四季洋流終年向北
船寄託黑檀龕，跨過頷毛衝風
木板輾轉難寐渾身濕透

身故 受益 人 之 死

船首搗住左眼與蟲獸為伍
西山落下，忘卻美酒最後一折霞光
回想上船日
輕踩渚洲
波紋的背脊淹沒眼眶
妳凝視著橋頭等待

不甘——
整個大海都是我的淚
服八石、吞水仙
我在馬里亞納海溝為死者加冕

順流而東行
與天地共飲

酒杯斷片扎根掌心
化作一株龍堂胡頹子
啊！焰紅朝海的根莖
妳成為別人的形狀
目光所至沒有一絲眷戀
魚鱗鱗是我的火燒島

四季洋流終年向北
襤褸幽魂

身故　受益　人　之　死

啜飲孟婆湯取暖
棺材摀住左眼
離開為一種聆聽玉佩破碎的響聲

每當瞧見無名指壓痕
我便東行
河水仍在流動
整個世界都爬滿青苔

夢遊

當我夢遊
一千一百一十一個
有層序且在不同時空碰撞的冰碎屑排列
當碎片踩著階梯
或磨平了尖角

一種思維取代，另外一種
深層穩固的秩序

演化相互汙染
我們便無止境的堆疊
轉換既有的錯位，同一個圈圈裡夢遊

遠方似乎被一種純粹的結構給充滿
呼吸，每一息越來越漫長
物質添加進核心世界新的維度
造物者精心設計

最原始的引導
解構形上學對於歷史極端的聯結
做為一千一百一十一個
殊異的個體靠近——
美，深具意義

身故受益人之死

掩埋

掩埋樹皮
一扇門開了又關，關了又開
停留的耳釘，黑點的波紋
悄悄聆聽木箱上的黑膠唱片
無聲的歌

今晚朗誦會上欣欣向榮
由卵孵化出的幼蟲
在談笑聲中結成蛹

判刑的人不懂該如何破繭
不懂如何成為被焚燒的雜草
而我們本該擁有翅膀
在歌詞本的第一頁

風紀股長的年少

齒輪看見鳳凰花
把豆莢掀下
有時我真的相信樹洞有個矮人世界
但我不能作夢
把襯衫的下擺與耳環一起曝曬

許久不見的陽光
放風九點
笑著讓我看見天空

我是為你好
關於餐盤與筷匙，不要挑食
挑出不同世界的小腿一起賽跑

仍然活著的一把刀
塑膠做的
我想看外面的世界變成怎樣

我想懺悔
對不起他們說的每個小矮人
我真的想
當一個太陽在寒冷的課堂

有一片海

有一片海
碧波圍住杆欄迎風斑斕而亮
光輝燦爛唇角 LED 漾一點迷人

有一片海
在神耳骨上串過一粒辰珠
看燈光行走海面，點對岸整幅畫過街

有一片海
買不起十一坪的房
坐整晚叮叮車還不太懂普通話

有一片海
載過河流提及髮梢
想我起風，海吹過我

四月摺痕

濕悶四月渾身紅癢
蝸居背後貼合肩胛
汗滴輕輕抓住我的肩膀
撫平衣物揉洗烘乾的捲曲

狹小四月的街道擁擠

某種原型記憶擦肩而過
陌生的臉剽竊氣味不可名狀
想必是淚溝帶走貓忘記帶走影子

五月陰影凝視貓、凝視窗外
凝視一雙夏季歸來

魚人

在一個孤獨且主角死去的夜裡
席捲而過的沙堆
海骸變成人身
穿上破爛不堪的雨衣
海馬迴捲入礫岩的塑膠袋

身故
受益
人
之
死

文蛤認真地吐出謊言
奈米微粒組成珍珠

但防風林的外邊有海草碧綠望著消波塊
現在救生圈是大人了
他足夠年齡站在退潮
磨損泥土的細綁
瞳仁不過是束手旁觀和顏悅色的窄樓
望向他人走向黃泉

鈴響，船帆洋洋灑灑過夜
一盞無線電幻聽岩石嘆氣

蕨類將如何發展出呼吸器官
也許呼吸阻塞發展
而沙堆一如往常

變成孤獨當代史一隅
泡沫潛伏泡沫撐大泡沫
「啵」
鎢絲燈泡火熱的餵魚
轉瞬水槽的彼端逐漸——
化為大床。

鬍子

鬍渣刺痛
變長
變長變長
變長。反覆變長

月光變短
終於學會遺忘，妳亮潔的側臉

輯五

結案

結案

入侵

泡沫的夾縫中打滾
力竭游到琉璃色邊界

塑膠外緣的滲出
直到大腿根部

雙手橫向像普悠瑪傾斜
空氣彈簧和加快充氣速度的吵雜聲
猛烈穿梭於黑樹與潮間邊隙

灌木叢的埃及聖䴉
喙長且下彎
翼緣收縮——
佔據，斜斜飛過

囈語

我的毛髮是綿羊
溫馴的等待
一片青草將要到來

在夜晚等待奔馳
輕輕的格羅安達
在星星面前搖響鈴鐺
今夜的夢該回家

身故受益人之死

一如留長的頭髮
願意被剪短
一如廣闊的原野
願意被馴服

微風走入群山
輕捧著閃爍的小耳環
冬天轉瞬而至
顫抖的睫毛是一束內斂的銀河
今夜是無邊黑暗
有星子照亮

石骨

一塊巨石絕食
讓壁畫永生
戀人逃離原生的家
緊握劍齒虎牙
佩戴琥珀擁抱化為石骨

在史前一萬年
向世人宣告
此處已有愛

身故
受益
人
之
死

電波

這樣的仲月
你應當——
——話對我講
你——嗎？

一九八九掩埋這城市唯一還醒著的

最後一盞路燈
在轟炸機飛過前
停滯的一刻
！——！——
太好了
電波終於聯繫上
星星的耳墜

一隻往北方飛的鳥

一隻往北方飛的鳥
含有一些性的成分
光亮似乎從沙子與海水的空格升起
被沖刷的扇貝、舔食生殖器更多樂趣

活著所需非常少
一點時間，一點食物，一點娛樂（此行被刪除）
泡沫拍打彼岸，海水是世界的一部分，海鷗不是

承攬不誠實；不誠實也是誠實的一種
誠實
誰沒說過謊可以拿石頭丟海鷗
我們才能誤認：
人類只是猶疑在生存中的窩囊型態

一隻往北方飛的鳥
在冬季折返

十月

十月的尾聲
鐵軌嗡鳴沉著一張臉
不顧自尊攀附碎石子下緣

列車長途追獵
子夜終獲歇息

站在護欄頂端大聲朗讀
比風聲更大比車身刮痕更多

碎裂的浪潮消褪
廣闊而困窘

十月的旅次嬗遞
雙眼卑微而時間停滯於時針跨過之前

十一月
你會來我的喪禮嗎

水淹沒行走的空洞

海比雲輕
愛過的人繫在身上
像氣球
而雲比我難過

交通錐

原始人為火吟唱
現在我們依然為火吟唱
木造倉庫燒得只剩骨架
眼淚有烤肉味

專家有共識

身故受益人之死

公共安全十分重要
就像被獅子攻擊不要直線逃跑

一定有你忘記遵守的規矩
那便是起火點
甚感遺憾！
官員直呼不敢怠慢明天

石頭生養青苔
鼠灰色的鐵皮
幫肌膚留下披肩與流蘇

分離後再縫合如此單薄
像市區的交通錐
磨損是傷口那一邊

誰也不記得昨天
每一夜我們都活在昨天

先知

當上顎抵住舌根
聲音早於石器

先知不成立於任何一種親緣關係
預言是喜劇還是悲劇
非洲猿分化成好幾個族群

其中一支演化成大猩猩
化石顯示我們的直接祖系
第一個走出非洲的人類祖先直立

我們是棺槨
與未來還未交集

標本

電線桿站著
既沒有蛙鳴也沒有飛蛾
光一照，二十年

圍籬穿梭
住家到上班場域
可能是車聲接觸的唯一機會
額外的拜訪發生，通常傷痛從

一個人的手心交握到另一個人
（他們不斷檢視對方是否說謊）

光線前進並不偏心
我們說「好」，實際卻不相信
例如把刀子藏在對方拿不到的地方

損壞的東西——
由某一處回報到群體
光必須明確用遺囑說明
所擁有的色調，檯面下交易正暗地進行
天空佈滿星星，閃爍的島嶼

環抱有溫暖
雷聲相互攻擊
直到一處水澤較淺
起先是藍，閃閃發亮
雲層融化不見，像打開小氣泡的汽水

一陣奏鳴間歇
同意我們提出的所有建議
人群便開始走入樹林
沿著電線桿，將水泥留下疤痕
光走前頭，死者殿後
像精緻的標本供眾人閱讀

有沙

語言是行腳
肉體作泥印

夜晚盛開的花
肋骨成枝椏

眼角有淚
盆栽有沙

沉船

救生衣在海面漂浮
船錨永夜於海底世界
燈籠魚的魚竿溫馴
等待上岸的人們洶湧
海底的殘骸，泡沫與泡沫

鑄造幽禁的尖閣

漁船與紅燈塔的距離
燈的方向，歸家的人
那些漫無目的的海浪

櫛鱗收攏，暴風雨中
命運的怒火嚴肅地歌唱

身故受益人之死

走出午後

書面紙漸老，語境寄居眼鏡
灰塵堆積藺居
夾鏈袋都忘記開口，在路上
有些光灑落
從口袋、從鞋頭回頭
我們始終想不起來
發亮的是玻璃砂還是眼睛

金萱調酒

喝醉的人相信
比不相信多一點
語言留在水瓶
加點橙皮，把種子拋棄
一片葉脈堅固紋理

身故受益人之死

滴凝出洗澡水斜躺一角
當基底把萊姆搖成酒

冰塊緩慢溶解
酒液對著杯外側
抵達杯墊的水珠輕聲呼喚
原來你也覺得寂寞

長冬

一行未被馴服的齒列
編寫藻荇、目光、相識的笑談

驚醒於虛構深處迂迴的圍捕
造物主未至

濕潤的唾液融解季節的糖
飛鳥靜靜在樹蔭形成餘暉

倦意糾結沼塘
光腳穿越長堤如此決絕
使整片大地都凝神

祭台的石階蔓草叢生
長冬等待豐饒之神降臨

門聯

菱形的蜂巢聚焦大門上方
像反射鏡

大胡蜂朝著天際
嗡鳴掉落的羽翼比影子慢
比離鄉遊子快

打更沿街口驟然明暗
少一隻蜜蜂沒有回家

水的表面張力
擊潰小小身體

左側，天增歲月人增壽
右側無歸人

疲倦

天線輕易折斷吹拂的風
對角長椅有個
雙腳八字朝內拿著包裝袋的
五十多歲中年男子
他的大腿內側鼠蹊處布料起皺
命中些許缺錢

發出啪踏聲的疲倦路燈
垂掛著麻繩

風吹過腳底板
垂直落在柏油路面發出啪踏
的絕望迴盪
天線輕易折斷吹拂的風
長椅空無一人

接引

接引的靈船遺失最後一名旅客

他站在碼頭邊蘆葦旁
看湖心，看骨頭造成的漣漪

肉身是繡花孔過的蒼狗
向昨日射出去

滿夜血跡遂將船帆暈開

梅雨季

未收齊的衣服
一遍又一遍沾染雨絲
冷風纏繞潮濕
纖維崩解，領口鬆開
置入遺棄的包裝步履蹣跚
一灘爛泥疲勞生蟲

邊角有刺
鏽蝕充斥地板

大雨徹夜敲打屋簷浪板
氣味混雜著鍍鉻
順著訊號線
囚禁了我、棉被與床鋪

造物主

外邊裝飾著毛玻璃
流動的河水
彎曲的雙腳
都屬於庭園造景

金針葉的丘陵之脊
從畫面中心將林蔭剖開

造物主全然而猶疑的愛
此刻盛開

無常

一把青山擲給異鄉
刀痕沒入趾骨
下手的人是我
拎著皮囊蜷缩松鱗
藏身萬千蓊鬱
尋者推敲

「一切都將沒事」
回音被群像咀嚼

陰影在幽黑伶仃悔睡
三聲過，茶冷

尋者將一把翠衣
留作一縷回鄉路

雲湧飢寒無處作食
蒼蠅驚醒一只破碎的蜥蜴
黑霧掩蔽去路

我的長髮及膝
軀殼寥寂入土

身故
受益
人
之
死

壞作為間隔
屏風對面我以為是好
錘子敲敲打打
擅自成為泡影
木響板間隔接吻
間隔發聲練習

精靈祭

篝火即將熄滅
精靈在角落聚集
黧黑的牙齒導致唇谷與峰璀璨
迎面而來的光
映照在下頷山陵
祭典，是妳多麼熟悉的……

身故受益人之死

鬼吹不到燈

鬼吹不到燈
吹頭髮，鬼濕漉漉
轉過下個街角撞擊
行走的路人說：
哎呦

鬼吹一口氣
人皮燈籠附身鬼
變成原來的路人
看路人行走

鬼的街道敞開
比蠟燭的芯廣闊
有的靈魂跳過
有的靈魂蹲低
壓得比腳底板還低，眼淚
就不會發出聲音

鬼吹燈
吹一個個氣球膨脹的大坑
氣溫默默上升
將吸氣的弧線交給鬼
觀眾不小心發出堆疊的交談聲
——哎呦
鬼吹不到燈
埋葬好大一個坑

代跋——活了100萬次的貓*

詩誠實，我不誠實。
（編輯祿存：才不，你的詩也不誠實！）

我們在某種被保留的廢墟上夢遊。
走鋼索，被身體揉碎重新鑄造。
逝去的空氣從海底升起像流光菇傘，我們探索。
有人從白天一直到黑夜無邊際的看海
時間的比重

身故受益人之死

把大海變得比白雲輕，我們將愛過的人繫在身上，像氣球。

我們從史前一萬年就開始尋找愛
像活了一百萬次的貓

銀行客服、核保員、東華
在每個新的地方
我們一次又一次死去，一次又一次活過我的生命

＊《活了100萬次的貓》，佐野洋子創作的膾炙人口繪本。

如張愛玲在〈愛〉中寫道：

於千萬人之中遇見你所遇見的人，於千萬年之中，時間的無涯的荒野裡，沒有早一步，也沒有晚一步，剛巧趕上了，那也沒有別的話可說，惟有輕輕的問一聲：「哦，你也在這裡嗎？」

——張愛玲《流言》（台北，皇冠，七十七年）

代跋

養豬喝酒——寫於部分詩作完成，剛到東華的前幾年

天剛微亮有雨。清晨五點半的空氣濕潤纏人，棉被與床鋪溫暖迷人，我必須起床。必須如同昨日，穿戴上防水電子表，表面凝視出兩組液晶數字。我離開宿舍大門，沿著久富、中正路開始起跑。

這支表換過三次表帶，最早是陪同我入伍當兵的小禮物。說是禮物，究竟是不能攜帶智慧型手機的替代物，母親那時說「既然都要買一隻表，

要不要買好一點的？」「不必了，就買有防水功能最便宜的電子表就好了，買好的進去也是糟蹋。」許多更昂貴的物品，在這七、八年中早已汰換，四百五十塊的手表卻還在，還在看著主人做夢，看著一個死肥宅跑步。

六十公斤，台灣小耳豬一歲時的體重，約莫一名成年人的重量。跟我剛退伍時的體重相仿，卻是我成年後最輕的數字。精實的早上三千公尺，傍晚三千公尺，搭配蛋白質豐富的午晚餐塑造出來。這不是為國軍招募，就算給我錢，我也不想再回到那年的鬼生活。不過也因為那時略顯精實的身材，我在求職、感情生活堪稱順遂，應徵三間保險金融公司內勤職務，三間都錄取；應徵一名對象，一次錄取。

我選擇有熟識學長姊在的公司，也選擇了不正常體重急速上升的生活。在我們的職場裡，加班是正常生活的一環，不爽不要做，還是現今社會職場架構，不加班的才是少數幸福企業？這我不得而知。但我可以明確且誠實的說，曾經，我一個月的加班費就高達22K以上，甚至無法以加班的項目核發薪水，遂以「特殊」獎金名義給予，獎金還要扣稅，真划算。

如同羅丹的沉思者雕像，坐在辦公室，一坐一整天，三餐訂外送輕鬆方便，不像雕像還要淋雨沉思。不時還會有業務同仁貼心的加油打氣飲料小點心。美其名小點心，實則像是形式方便買收的紙錢，他們是冤魂，我們是鬼官，一個月業績過與不過、生殺大權，不過如此。

神豬大賽有一百八十年歷史，約莫在每年的八月間義民節祭典舉行，每隻豬的重量動輒上千斤，是一般成豬的五、六倍。為避免體重過重的豬隻站立，骨骼無法負擔而死，豬圈上方通常加裝鐵架或木架壓在豬隻身上。我們與豬不同，我們不需要鐵架或是柵欄，定期的薪資，就足夠驅使我留在一坪不到的空間，與兩個方盒子玩大眼瞪小眼。

從「小鮮肉」轉變成「大叔」只歷經一年，再過一年，也許「胖老爹」更為相稱。吹氣球一般，五顏六色的襯衫罩在氣球外圍，可惜這個氣球不會飛。貼身的衣服變緊、穿不下，換新的，像是不斷重複的迴圈。唯有鈔票的厚度沒有重複，但如同千尋的父母，我身在綺麗的幻想世界，無法自拔。察覺時，是公司數年一次的員工體檢，滿江紅的不是成績單，而是體檢單，以專業的角度來看，這個要加費，這個項目則是，不能以一般人的保費標準承保，甚至有的項目將促使險種——不予承保。

我還保有工作，卻沒保住感情。

要說充滿佛性，普照大地，割肉餵鷹，我是做不到的。我還有恨，滿溢的恨意是潮水般洶湧，在她交了新男朋友時擴散而出，看著他們在社群媒體上的合照，男的俊帥、纖瘦，郎才女貌。在白天時，與共同朋友吃飯時，我可以對著大家說，沒事，我很好。但在夜晚，一個人躺在雙人床上，兩隻手臂伸直，仍然碰觸不到頂點，一個人大字傾斜輾轉的床鋪，空虛的好擁擠。

我開始小酌，小酌的定義有很多種，高原騎士、班瑞克、慕赫、布納哈本……數不清的威士忌，酒專的會員等級不斷提升，喝醉的感覺如此輕飄飄，威士忌的味道有很多種。依照橡木桶、產地、原料，進而產生不同的香氣與風味。但喝醉的風味只有一種，高處不勝寒。那年我住在社區大樓的最高層十三樓，望著窗外熙攘的車潮與街燈，不知道如果脂肪在高速的情況下撞擊地面會是什麼樣的情景，我很好奇，我沒勇氣嘗試。

隔了幾天，那天晚上我的印象深刻，陪我共度晚餐時光是格蘭多納，單一麥芽，七百毫升，一九九〇。跟我同一年出生的麥芽，知道自己將被蒸餾成酒嗎？並且被置放在陰暗無人的酒窖多年，等待破土、重新分裝，帶著白蘭地水果蛋糕夾雜杏仁與煙燻的胡桃氣味。那天也許時針已經到三或者四，冰箱內製冰盒，充滿一個又一個的空洞。找不到還會融化的方塊，不同濃度緊緊交織在我手中的富士山杯，灼熱我的喉嚨、胸腔，直達胃腹。我不勝酒力，沉沉睡去，我沒有設鬧鐘。

當我被巨大且重複的敲門與電鈴聲驚醒，天色全亮，甚至接近中午。我腦袋一陣空白，打開房門，看見管理員與平常照顧我的公司前輩。他們知道我一個人獨居，從公司資料留存的居住地址找來。

「沒事，沒事。人沒事。」前輩不知與誰通話，但我料想應該是公司的主管。「我們一來到你家，超怕在地上看到黃線跟白布，後來看你鞋子跟機車都還在，才安心。」我連忙道歉，但也不知道該說什麼，彷彿鑿冰槌正用力的敲擊我的大腦，他們跟我說，時間也接近中午，不如好好休息準備，吃個午餐，午休結束，下午再回來上班。

那是一種懊悔參雜著自暴自棄而無力，好想要回到十二個小時前。

不，如果可以，你想要回到更早。想要回到什麼時候呢？突然想起，大學時跟朋友組樂團，整天寫寫東西，到處參與演出比賽喝酒的日子。一時興起而經營的社群媒體，曾經一度到達萬人以上追蹤，而如今像是鞋櫃角落的慢跑鞋，纖維老化，佈滿灰塵。

羞愧、難以回頭，像經過發酵後的單一麥芽酒醪，透過手工銅製的單一蒸餾器連續兩次。被擷取中心的稱之為「酒心」。而騎在文心路上，沿著那時還沒有蓋好的高架捷運陰影，我的心，也發酵著蒸餾憤怒。我不停地加速，在僅次於臺灣大道長度的筆直道路上，中線車道沒有任何車輛存在，沿途是惡魔的誘惑，抑或是魔術師的魔術。所有的交通燈號，一片綠意，歡迎通行。我知道這條路上沒有測速照相，因此將機車油門催滿。

在文心路與五權西路路口，到達公司大樓前，最後一個十字路。綠色轉黃，像秋天時節，緊接著葉子將要枯萎掉落。

前方出現一個，打著左轉閃爍燈號，葡萄酒紫色 cuxi 機車。現在回想起來，幾乎可以看見她身上每個細節，包包上的配件、牛仔熱褲、細長白皙的美腿。印象有如優質肉品標記烙印在豬的皮膚，當下凍結，埋藏在我的海馬迴。

「啊！這樣的美腿如果摔傷而留疤多可惜。」說來可笑，這居然是我在出車禍前的最後一個想法。為了閃躲偷懶而停在路中間，沒有到待轉區的她，龍頭向右一轉，我便從她的身後側面摔了出去。也許她感受到一陣風由後吹過，或者她只覺得有人摔車與自己無關，交通號誌變換，她看了一眼，騎走了，在我此後的人生。

剛與地面親密接觸完，完全是感受不到痛的。我跑去將公事包、鞋子撿回，吃力地將滿佈刮痕的機車推向路旁。熱心的路人大姊，停下汽車。

「要不要叫警察，是不是白色那台汽車撞到你，肇事逃逸？」她問。

但我說不出話。搖搖手，片刻後才說，沒有，我是閃避不及自摔的。

大姊很熱心，帶著你，就像母雞帶小雞，到附近的醫院急診。你跟她留了聯絡電話，事後想請她吃飯致謝，電話卻怎樣都打不通。打通的是無奈與無限的尷尬，那通打給主管告知我出了車禍，下午不能進公司的電話。窘迫的像在手邊有一個按鈕，只要按下去便會毀滅這世界，而我將毫不遲疑地按下去。窘迫的像參加一個所有我在乎的人都在場的宴會，每個人穿著西裝、小禮服，而我卻只穿了乳牛動物套裝。

包紮完傷口，我執拗的請醫院幫忙叫計程車，目的地還是公司。我拿起放在車廂內的外套在腰間打結，遮住膝蓋處磨破的西裝褲破洞。現在回想，其實並不懂當初在堅持什麼，但當時，就覺得像要證明自己沒有說謊般，又或者，我只想表現得很可憐，好像我真的很慘。

後來，我離職了，在傷口完全癒合之後。偶而洗澡時，還能透過鏡子看到像蜈蚣的疤痕，我說服自己，要追尋之前沒有來得及追求的文學夢想。我到山的另外一頭，一個沒有任何人認識我的地方，說著連自己都相信的美夢。

在某個文學獎頒獎典禮，我真的穿了乳牛裝。事後看著當天的照片，發現根本是自取其辱。白色的，包含乳牛圖示帽子的連身衣，像是灌滿的香腸，你輕輕在上面劃開一刀，內餡緊繃著要溢出來。這就像來到這裡的一切，我佯裝穿著華美逗趣的外殼，卻只是一隻連站立都做不到的圈養豬。

我開始跑步，我將那張照片印下來貼在牆上，我將那張照片放在手機桌布。我不憎恨那張照片，我憎恨我自己。每天早上起不來、每次坐在樓頂往下看、每次窘迫，我逼迫著自己去回想照片，逼迫著戴上防水電子表。

我必須起床。必須如同昨日，離開宿舍大門，我沿著時間跑去。

沿著時間一路跑去。

對文字的書寫有恆久的熱愛

「一一一年後山文學年度新人獎」得獎作品專輯館長推薦文

時序入秋，轉眼間一年一度的文學獎又即將邁入尾聲，與此同時，後山文壇上也有三位初登場之新銳作家作品，巧合的是，今年三件得獎作品皆為新詩：蕭宇翔《人該如何燒錄黑暗》、陳昱文《還在》及張詠詮《身故受益人之死》。整體而言，新世代的創作者受到當代的事件、生活元素及網路現象的種種影響，作品中呈現強烈的生活感，並建構出屬於個人特色的詩宇宙。

身故受益人之死

蕭宇翔《人該如何燒錄黑暗》新詩作品，評審團給予高度肯定，其詩稿結構完整，語文穩定、成熟，可以感受作者具強大的創作企圖心；另外，作品也向楊牧大師致敬，可以看到詩的傳承精神。

溫柔、敦厚是陳昱文《還在》新詩作品的最大特色，他的用字典雅，但為景造詞、不做作，作品內容豐富，充滿驚喜與驚奇，腳踏實地書寫花蓮在地人文，作品融入「溝仔尾」、「介壽眷村」，與在地深深呼應。

張詠詮的《身故受益人之死》新詩作品，意象及表象的處理手法相當熟練，設計性完整，詩句圓潤、漂亮，具備詩的氣氛、氣息；另外，對於社會人性的洞察也相當清晰，其中的〈生日〉一首，談及社會平等議題，讓委員印象深刻，在新人獎中，此部作品已具備成熟書稿條件。

期許未來的創作新人們，作為一位書寫者，能夠持之以恆地繼續書寫，能夠保有對於文字熱情，並突破不同寫作型式，嘗試不同的可能性，才能讓作品更加豐富成熟，也期待未來發表更加多元的作品。

最後，本館由衷感謝「一一一年後山文學年度新人獎」評審委員：陳素芳、周昭翡、邱上林、莊瑞琳、甘耀明五位委員，經過一番討論與評審過程後，用編輯與作家的專業眼光，遴選出今年的得獎作品，在此向辛勞的評審們致上無限的謝意與敬意。

國立臺東生活美學館館長　江愚

身故受益人之死

國家圖書館出版品預行編目（CIP）資料｜身故受益人之死／張詠詮著. -- 初版. -- 新北市：堡壘文化有限公司 雙囍出版：遠足文化事業股份有限公司發行，2022.12｜240面；12.8×19公分. --（雙囍文學；11）｜ISBN 978-626-96502-6-2（平裝）｜863.51｜111018937

雙囍文學 11

身故受益人之死

作者　張詠詮

堡壘文化有限公司　雙囍出版
總編輯：簡欣彥｜副總編輯：簡伯儒
責任編輯：廖祿存｜行銷企劃：游佳霓
裝幀設計：陳恩安

讀書共和國出版集團
社長：郭重興
發行人：曾大福
業務平臺總經理：李雪麗｜業務平臺副總經理：李復民｜實體通路組：林詩富、周宥騰、郭文弘、賴佩瑜｜網路暨海外通路組：張鑫峰、林裴瑤、王文賓、范光杰｜特販通路組：陳綺瑩、郭文龍｜電子商務組：黃詩芸、陳靖宜、高崇哲、沈宗俊、黃亞菁｜閱讀社群組：黃志堅、羅文浩、盧煒婷、程傳玨｜版權部 黃知涵｜印務部：江域平、黃禮賢、李孟儒

出版：堡壘文化有限公司 雙囍出版
發行：遠足文化事業股份有限公司
地址：231 新北市新店區民權路 108-3 號 8 樓
電話：02-22181417
傳真：02-22188057
Email：service@bookrep.com.tw
郵撥帳號：19504465 遠足文化事業股份有限公司
客服專線：0800-221-029
網址：www.bookrep.com.tw
法律顧問：華洋法律事務所　蘇文生律師
印製：呈靖彩藝有限公司
初版 1 刷　2022 年 12 月
定價　新臺幣 390 元
ISBN：978-626-96502-6-2
EISBN：9786269650279（PDF）｜9786269650286（EPUB）

國｜藝｜會 NCAF
本書獲國藝會文學創作補助
本書為 111 年後山文學年度新人獎得獎作品